AF305435

ESTAMPES ANCIENNES

DES ÉCOLES FRANÇAISE & ANGLAISE DU XVIIIe SIÈCLE

SPORT

Vente des 8 et 9 Mars 1909

Mrs. FITZHERBERT.

ESTAMPES ANCIENNES

des Ecoles Française et Anglaise

du XVIIIe siècle

Imprimées en noir, bistre ou en couleurs

SPORT

CONDITIONS DE LA VENTE

Elle sera faite au comptant.

Les acquéreurs paieront *dix pour cent* en sus des enchères.

L'Expert se réserve la faculté de rassembler ou de diviser les lots, et remplira, aux conditions d'usage, les commissions que voudront bien lui confier MM. les Amateurs.

La Collection sera visible chez MM. A. Geoffroy Frères, 5, rue Blanche, du 1ᵉʳ au 5 mars 1909 de 2 heures à 6 heures.

ORDRE DES VACATIONS

Lundi 8 mars 1909. . . . . N°ˢ   1 à 170
Mardi 9 mars 1909. . . . . N°ˢ 171 à 334

Documents manquants (pages, cahiers...)

NF Z 43-120-13

DE LA PAGE
À LA PAGE

ANSELL (d'après C.)

1. — THE VALENTINE.
THE WEDDING RING.

> Deux pièces faisant pendants. Gravées par Ed.
> Scott. In-4, ovales au pointillé.

> Très belles épreuves. Marges. Encadrées.

ANSELL (d'après Ch.)

2. — FRENCH FIRE SIDE.
ENGLISH FIRE SIDE.

> Deux pièces ovales faisant pendants, gravées
> par P. W. Tomkins. élève de Bartolozzi. In-4°
> au pointillé.

> Très belles épreuves imprimées en bistre de ces deux char-
> mantes pièces décoratives. Encadrées à l'ovale.

AUBERT (à Paris, chez)

3. — LA JARDINIÈRE DIFFICILE. Gravée par Aubert et
publiée par lui-même. In-4° ovale, au pointillé.

> Très belle épreuve *imprimée en couleurs* d'une pièce excessi-
> vement gracieuse. Marges. Rare.

BAILLAY (Mlle)

4. — JEUNE PRÊTRESSE, vêtue à la Turque, à genoux
devant un autel garni de roses. D'après **Miss Drax**.
Petit in-fol. ovale au pointillé.

Très belle épreuve *imprimée en couleurs*. Un centimètre de
marges. Encadrée à l'ovale.

BARTOLOZZI (F.)

5. — SPRING.
SUMMER.
AUTUMN.
WINTER.

Suite des quatre Saisons. D'après Westall et
Wheatley. In-4° au pointillé.

Très belles épreuves imprimées en bistre et en noir. Marges
inégales. Rares à trouver réunies.

BARTOLOZZI (Fr.)

6. — VENUS ATTIRED BY THE GRACES. Vénus parée par
les Grâces. D'après Angelica Kauffmann. In-fol.
ovale au pointillé.

Très belle épreuve imprimée en sanguine. Une des plus
belles estampes du maître. Un centimètre de marges. Encadrée.
Voir la reproduction.

BARTOLOZZI (F.)

7. — THEIR GRACES THE DUKE AND DUTCHESS OF *Marl-
borough*. D'après Shelley. In-8° au pointillé.

Superbe épreuve avant la lettre. Charmante petite estampe
d'un travail très fin. Marges. Rare. Encadrée.

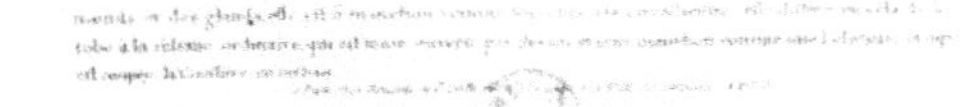

Grande robe à la Sultane fermée [...]
noeuds et des glands [...] et à manchon venant [...]
robe à la sultane ordinaire qui est aussi ouverte par devant [...]
et coupe la Couture en dedans.

N° 197

N° 198

BARTOLOZZI (attribué à)

8. — MARIE-ANTOINETTE, ARCHIDUCHESSE D'AUTRICHE, Sœur de l'Empereur, Reine des Français. (R. G. 14). Petit in-fol. au pointillé.

Très belle épreuve imprimée en deux tons : bistre et chairs en couleurs. Lord Ronald Gower qui cite cette pièce (n° 14), l'indique comme délicatement coloriée. C'est une erreur, au moins pour l'épreuve que nous possédons, dont les chairs sont purement *imprimées en couleurs*. Marges. Encadrée.

BARTOLOZZI (F.)

9. — M⁰ *Lenox*. D'après Sir J. Reynolds. In-8° au pointillé.

Très belle épreuve *imprimée en couleurs*. Marges. Encadrée.

BARTOLOZZI (F.)

10. — MISS *Brunton*.
GEORGE ANNE *Bellamy*.

Deux charmants portraits d'actrices faisant pendants. D'après R. Cosway. In-8° ovales au pointillé.

Très belles épreuves légèrement bistrées. Marges.

BARTOLOZZI (F.)

11. — THE AERIAL TRAVELLERS. (Portraits de M. et Mme *Lunardi* dans une nacelle de ballon). D'après Rigaud. Petit in-fol. au burin et au pointillé.

Très belle épreuve, légèrement bistrée. Sans marges. Encadrée.

BAUDOUIN (d'après P. A.)

12. — ANNETTE ET LUBIN. Gravée par N. Ponce. (E.B. 9).
In-fol. au burin.

Très belle épreuve. Marges. Encadrée.

BAUDOUIN (d'après P. A.)

13. — LES CERISES. Gravée par N. Ponce. (E. B. 12).
Estampe faisant pendant à la précédente. In-fol.
au burin.

Très belle épreuve. Marges. Encadrée.

BAUDOUIN (d'après P. A.)

14. — LE CHEMIN DE LA FORTUNE. Gravé par Voyez. (E.
B. 14). In-fol. au burin.

Très belle épreuve avec une bonne marge. Belle conservation.

BAUDOUIN (d'après P. A.)

15. — L'ENLÈVEMENT NOCTURNE. Gravé par N. Ponce (E.
B 20). In-fol. au burin.

Belle épreuve du 4e état. Petites marges.

BAUDOUIN (d'après P. A.)

16. — LE FRUIT DE L'AMOUR SECRET. Gravé par Voyez.
(E. B. 23). In-folio au burin.

Très belle épreuve. Marges du cuivre.

BAUDOUIN (d'après P. A.)

17. — QUEST-LA ?
JI VAIS.

Deux pièces faisant pendants. Gravées par L. Marin Bonnet. (E. B. 26 et 39). In-4 à la manière du crayon.

Très belles épreuves *imprimées en couleurs*, avant la planche de bleu. Grandes marges. Encadrées.

BAUDOUIN (d'après P. A.)

18. — QU'EST-LA ?

Gravée par L. M ...u Bonnet. (E. B. 26). In-4°
à la manière du crayon.

Très belle épreuve *imprimée en couleurs*, avec la planche de bleu. Petites marges.

BAUDOUIN (d'après P. A.)

19. — LE LEVER. Gravé par Massard. (E. B. 29). In-fol.
au burin.

Très belle épreuve. Elle est sans marges et ne possède pas la tablette du bas, mais elle a l'encadrement.

BAUDOUIN (d'après P. A.)

20. — LA TOILETTE. Gravée par N. Ponce. (E. B. 48).
Estampe faisant pendant à la précédente. In-fol.
au burin.

Très belle épreuve avec marges.

BAUDOUIN (d'après P. A.)

21. — MARCHEZ TOUT DOUX, PARLEZ TOUT BAS. Gravé
par P. P. Choffard. (E. B. 30). In-fol. au burin.

Très belle épreuve avec une grande marge.

BAUDOUIN (d'après P. A.)

22. — LE MATIN.
LE MIDI.
LE SOIR.
LA NUIT.

Suite de quatre pièces. Gravées par De Ghendt,
(E. B. 32. 33. 35. 46). In-fol. au burin.

Très belles épreuves bien égales comme tirage et comme
marges.

BAUDOUIN (d'après P. A.)

23. — LE SOIR. Gravé par De Ghendt. (E. B. 46). In-fol.
au burin.

Très belle épreuve. Elle est très fraiche et a toute sa marge.

BAUDOUIN (d'après P. A.)

24. — LES SOINS TARDIFS. Gravé par N. de Launay. (E.
B. 45). In-fol. au burin.

Très belle épreuve. Bonnes marges.

BAUDOUIN (d'après P. A.)

25. — LA SOIRÉE DES THUILERIES. Gravée par Simonet.
(E. B. 47). In-fol. au burin.

Superbe épreuve ayant une très grande marge. Rare en
cet état.

BAUDOUIN (d'après P. A.)

26. — LES AMANTS SURPRIS. In-4° de forme ronde (dia-
mètre 165 mill.).

Très jolie *aquarelle ancienne*. Charmante pièce. Encadrée.

BEAUVARLET (J. F.)

27. — MADAME LA COMTESSE *du Barry*, assise, en costume de chasse. D'après Drouais. Petit in-fol. au
burin.

Très belle et rare épreuve *avant la lettre*. Petites marges.
Encadrée.
Voir la reproduction.

BEAUVARLET (J. F.)

28. — LA CONFIDENCE. D'après C. Vanloo. In-fol. au burin.

Belle épreuve. Marges.

BIGG (d'après W.)

29. — A Lady and her Children relieving a Poor Cottager. Pièce sans nom de graveur, en réduction de l'estampe de J. R. Smith (Voir n° 279). Petit in-fol. au pointillé.

Très belle épreuve *imprimée en couleurs*. Elle est sans marges et doublée, mais la conservation est parfaite. Encadrée.

Voir la reproduction.

BLANCHARD

30. — Le Sérail parisien, ou le Bon Ton de 1802. D'après Naudet. In-fol. au burin.

Très belle épreuve imprimée en bistre. Un centimètre de marges. Encadrée.

BOILLY (d'après L.)

31. — Les Petits Soldats.
Les Petites Coquettes.
Deux pièces faisant pendants. Gravées par J. M. Gudin. In-fol. au pointillé.

Superbes épreuves *imprimées en couleurs*. Belles estampes décoratives. Marges. Encadrées.

BOND (W.)

32. — Mrs *Trimmer*. Assise et écrivant. D'après H. Howard. Grand in-8° au pointillé.

Très belle épreuve *imprimée en couleurs*. Marges. Encadrée.

BONNET (L. M.)

33. — LE DÉJEUNÉ.
LE DINER.
LE GOUTER.
LE SOUPER.

Quatre estampes formant série, d'après Huet et Baudouin. In-4°, à la manière du crayon.

Très belles épreuves *imprimées en couleurs*. Elles sont sans marges ; mais leurs titres, qui autrefois avaient été collés au dos de leurs cadres, ont été rapportés très habilement à leur place normale. Encadrées.

BONNET (L. M.)

34. — THE AMIABLE FAMILY. Louis XVI, Marie-Antoinette et la Famille royale dans une loge à l'Opéra. D'après Hambert. Petit in-4°, au pointillé et à la manière du crayon.

Très belle épreuve *imprimée en couleurs*. Très adroitement remmargée sur papier de l'époque. Encadrée.

BONNET (L. M.)

35. — LE TAILLEUR.
LE PROCUREUR.

Deux pièces faisant pendants. Attribuées à Bonnet. In-4°, à la manière du crayon.

Très belles épreuves *imprimées en couleurs*. La première avec marges, la seconde remmargée. Gracieuses estampes à costumes. Rares. Encadrées.

BONNET (L.)

36. — Tête de Jeune Fille.
Le Chat emmaillotté.

Deux pièces d'après Boucher, imprimées sur une seule feuille. In-fol. à la manière du crayon.

Très belle épreuve rehaussée de blanc, tirée sur papier bleu. Marges. Cadre ancien doré.

BONNET (L.)

37. — Etude du Dessin.
Etude de l'Architecture.
Etude de la Musique.

Suite de trois pièces ovales. D'après Le Clerc. In-fol. à la manière du crayon.

Très belles épreuves imprimées en sanguine. Elles sont à toutes marges. La dernière pièce a des piqûres de mouches.

BOREL (d'après)

38. — L'Indiscret. Gravé par Dequevauviller. In-fol. au burin.

Très belle épreuve avant l'adresse de Leloutre. Marge entière, non ébarbée.

BOUCHER (d'après F.)

39. — Vénus couchée ; près d'elle deux colombes. Gravée par Bonnet. In-fol. à la manière du crayon et à la manière du pastel.

Très belle épreuve *imprimée en couleurs*. Sans marges. Rare. Encadrée.

BOUCHER (d'après F.)

40. — JEUNE FILLE, le buste renversé, de profil à droite, fleurs dans les cheveux. Gravée par Bonnet. In-4° à la manière du crayon.

Très belle épreuve imprimée en sanguine. Marges.
Nous joignons le même sujet, également à la manière du crayon, sans nom de graveur.

BOUCHER (d'après F.)

41. — LA PÊCHE.
LA CHASSE.

Deux pièces faisant pendants. Gravées par Beauvarlet. In-fol. au burin.

Très belles épreuves. Marges.

BOUCHER (d'après F.)

42. — LA CONFIDENCE.
LE REPOS.

Deux pièces faisant pendants. Gravées par Bonnefoy. In-fol. au pointillé.

Très belles épreuves, du plus gracieux effet décoratif. Marges.

BOUCHER (d'après F.)

43. — LES AMOURS PASTORALES. Suite de quatre bergeries. Gravées par Cl. Duflos, avec son adresse. In-fol. au burin.

Très belles épreuves. Elles sont très fraiches et ont de grandes marges.

BOUCHER (d'après F.)

44. — L'ENLÈVEMENT D'EUROPE. Gravé par Cl. Duflos.
In-fol. au burin.

Belle épreuve de cette grande estampe décorative. Marges.
Encadrée.

BOUCHER (d'après F.)

45. — LA MARCHANDE D'ŒUFS.
LA VENDANGEUSE.
LE MARCHAND D'OISEAUX.
LA SOUFFLEUSE DE SAVON.

Suite complète de quatre sujets de forme ovale
avec coins. Gravés par J. Daullé. (De L. 98-101).
In-fol. au burin.

Très belles et rares épreuves tirées à deux sur la feuille.
Un coin taché.

BOUCHER (d'après F.)

46. — LES CHARMES DU PRINTEMPS.
LES PLAISIRS DE L'ÉTÉ.
LES DÉLICES DE L'AUTOMNE.
LES AMUSEMENTS DE L'HIVER.

Suite de quatre pièces dédiées à Madame de
Pompadour. Gravées par J. Daullé. (De L. 102-
105). In-fol. au burin.

Superbes épreuves ayant l'adresse du graveur, avec de très
grandes marges. Très rares de cette qualité.

BOUCHER (d'après F.)

47. — L'Air.
  Le Feu.
  La Terre.
  L'Eau.

Suite de quatre pièces. Gravées par J. Daullé. (De L. 148-151). In-fol. au burin.

Très belles épreuves tirées à deux sur la feuille. Grandes marges. Un coin taché.

BOUCHER (d'après F.)

48. — L'Amour Désarmé. Gravé par Fessard. In-fol. au burin.

Très belle épreuve. Jolie pièce donnant le portrait de Madame de Pompadour. Marges.

BOUCHER (d'après F.)

49. — L'Obéissance récompensée. Gravée par Gaillard. In-fol. au burin.

Très belle épreuve. Grandes marges.

BOUCHER (d'après F.)

50. — Le Goûter de l'Automne. Gravé par Gaillard. In-fol. au burin.

Très belle épreuve. Grandes marges.

BOUCHER (d'après F.)

51. — LE PANIER MISTÉRIEUX. Gravé par Gaillard. In-fol. au burin.

Très belle épreuve. Marges.

BOUCHER (d'après F.)

52. — LE MESSAGER DISCRET. Gravé par Gaillard. In-fol. au burin.

Très belle épreuve. Marge entière, non ébarbée.

BOUCHER (d'après F.)

53. — LE MOUTON FAVORI.
LE BOUQUET BIEN REÇU.

Deux pièces faisant pendants. Gravées par Gaillard. In-fol. au burin.

Très belles épreuves. Marges.

BOUCHER (d'après F.)

54. — JUPITER ET CALISTO.
JUPITER ET LÉDA.

Deux pièces faisant pendants. Gravées par Gaillard et Ryland. In-fol. au burin.

Très belles épreuves. Marges.

BOUCHER (d'après F.)

55. — LES FRUITS DU MÉNAGE. Gravé par Vasseur. In-
fol. au burin.

Très belle épreuve. Grandes marges.

BOUCHER (d'après F.)

56. — SATYRES LUTINANT DES NYMPHES. Gravé par
Saint-Non. In-fol. au lavis.

Très belle épreuve imprimée en bistre, donnant l'illusion du
dessin au lavis. Marges du cuivre.

BUCK (d'après Adam)

57. — MADAME CATALANI. Représentée de trois quarts
dans un de ses rôles. Gravée par Freeman en
1807. Petit in-fol. au pointillé.

Très belle épreuve *imprimée en couleurs*, d'une tonalité très
douce. Marges. Rare.

BUNBURY (d'après H.)

58. — LOVE AND JEALOUSY. Gravé par C. Knight. In-fol.
ovale au pointillé.

Très belle épreuve imprimée en bistre. Grandes marges.

BURKE (Th.)

59 — LOUISA, LANDGRAVINE OF *Hesse-Darmstadt.*
D'après Schrœder. In-4° ovale au pointillé.

Très belle épreuve *imprimée en couleurs*, avec une bonne marge. Charmant portrait. Encadrée.

CARESME (d'après)

60. — LE SATYRE AMOUREUX.
LE SATYRE REFUSÉ.

Deux pièces faisant pendants. Gravées par Demarteau. N°ˢ 542-543. In-4° aux crayons de couleurs.

Très belles épreuves *imprimées en couleurs*. Sans marges. Cadres anciens en bois sculpté et doré, sans retouches.

CARESME (d'après)

61. DANSE FLAMANDE. Gravée par Le Grand. In-4° au pointillé.

Très belle et fraîche épreuve *imprimée en couleurs*. Marges du cuivre.

CARESME (d'après)

62. — LE RÉVEIL DU CARLIN. Gravé par Carrée. In-fol. au pointillé et au burin.

Très belle épreuve *imprimée en couleurs* et rehaussée. Le nom du graveur gratté. Un centimètre de marges. Encadrée.

CARINGTON BOWLES

63. — L'Abondance. Printed for Carington Bowles. Gravée probablement par J. R. Smith. In-fol. à la manière noire.

Très belle épreuve *imprimée en couleurs*, avec quelques rehauts. Marges.

CARINGTON BOWLES

64. — A Morning Ramble, or the Millimers Shop.
A Rich Privateer brought safe into Port by two First Rates.

Deux pièces galantes faisant pendants. In-fol. à la manière noire.

Très belles épreuves *en couleurs*. Marges. Encadrées.

CHALLE (d'après M. A.)

65. — The Officious Waiting Woman. Gravé par Chaponnier. In-fol. en largeur, au pointillé.

Très belle épreuve *en couleurs*. Marges. Encadrée.

CHAPUY (J.-B.)

66. — M. le Marquis de *Vaudreuil*. A mi-corps, en uniforme. Gravé par J.-B. Chapuy. In-fol. au lavis de couleurs.

Magnifique épreuve, *imprimée en couleurs*, d'un portrait de la plus grande rareté. Marges entières non ébarbées.
Voir la reproduction.

CHAPUY (J. B.)

67. — Les Amusements Champêtres.
Les Plaisirs de l'Eté.

Deux estampes faisant pendants. D'après Piet-
kin. In-fol. en largeur.

Très belles épreuves *imprimées en couleurs*. La première est
sans marges. Quelques restaurations. Belles pièces décoratives.
Encadrées.

CHARDIN (d'après J. B. S.)

68. — La Bonne Éducation. Gravée par Le Bas. (E. B.
7). In-fol. au burin.

Très belle épreuve avec une très grande marge, à peine
ébarbée. Rare en cette condition.

Voir la reproduction.

CHARDIN (d'après J. B. S.)

69 — Le Dessinateur. Gravé par Flipart. (E. B. 14).
Petit in-fol. au burin.

Très belle épreuve. Petites marges.

CHARDIN (d'après J. B. S.)

70. — Le Jeune Soldat. Gravé par Cochin. (E. B. 30).
Petit in-fol. au burin.

Très belle épreuve. Marges.

N° 22

N° 27

N.º 250

N.º 18

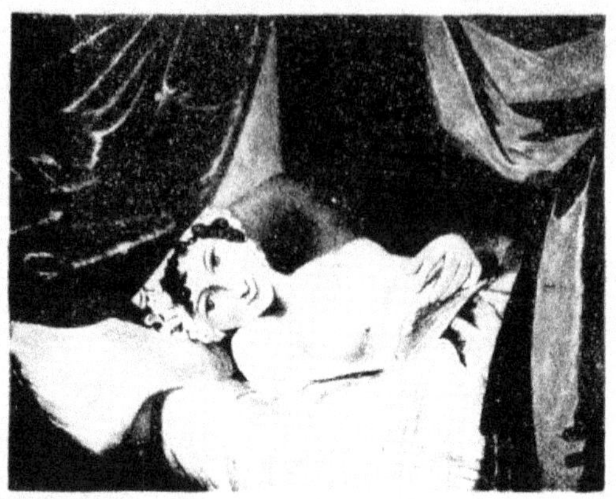

Nº 110

Nºs 29 et 279

CHARDIN (d'après J. B. S.)

71. — L'ŒCONOME. Gravée par Le Bas. (E. B. 39). In-fol.
au burin.

> Très belle épreuve. Petite restauration dans la marge du bas.

CHARDIN (d'après J. B. S.)

72. — LA POURVOIEUSE. Sans nom de graveur. (E. B. 45
II.) In-fol. au burin.

> Très belle épreuve. Petites marges.

CHARDIN (d'après J. B. S.)

73. — LA RATISSEUSE. Gravée par Lépicié. (E. B. 46).
In-fol au burin.

> Très belle épreuve. Petites marges.

CHARDIN (d'après J. B. S.)

74. — LA RATISSEUSE. Sans nom de graveur. (E. B. 46 B.)
In-fol. au burin.

> Très belle épreuve. Marges. Restauration dans le bas.

CHARDIN (d'après J. B. S.)

75. — LA POURVOIEUSE.
LA RATISSEUSE.

Deux pièces faisant pendants. Copies allemandes de Haid. In-fol. à la manière noire.

Belles épreuves. Marges.

CHEVAUX (d'après)

76. — LA BONNE RUSE. Gravée par Bonnet. In-8 ovale, à la manière du crayon.

Très belle épreuve *imprimée en couleurs*, sans aucune lettre. Marges. Doublée.

CHEVAUX (d'après)

77. — LA BONNE RUSE.
LE JOLI NID.

Deux petites pièces grivoises faisant pendants. Gravées par Pilon et publiées chez Bonnet. In-8º ovales, au pointillé.

Très belles épreuves anciennement rehaussées de couleurs. Toutes marges.

CIPRIANI (d'après)

78. PSYCHE GOING TO BATH.
PSYCHE GOING TO DRESS.

Deux pièces ovales faisant pendants. Gravées par Bartolozzi. Petit in-4º au pointillé.

Très belles épreuves *imprimées en couleurs*. Filet de marge. Encadrées à l'ovale.

CIPRIANI (d'après)

79. — BUSTE DE JEUNE FILLE en grand chapeau, tenant des fleurs dans sa main appuyée contre sa poitrine. (Portrait présumé de Sophia Western). Gravée par R. Earlon. Petit in-fol. à la manière du crayon.

Superbe épreuve *imprimée en couleurs*, avec une très grande marge. Encadrée.

Voir la reproduction.

COLINET

80. — PORTRAIT DE MADAME LA COMTESSE *Amélie de Boufflers*. En pied, assise sous un arbre, coiffée d'un grand chapeau. In-fol. ovale, avec coins, au pointillé.

Très belle épreuve *imprimée en couleurs*. Sans marges. Le titre, qui avait été détaché, a été remis. Encadrée.

COSWAY (d'après R.)

81. — Mme FITZHERBERT. En pied, assise sous un arbre. Gravée par John Condé. In-fol. au pointillé.

Splendide et très rare épreuve *imprimée en couleurs*. Elle est très fraîche quoique sans marges. Elle a été très habilement remargée sur un châssis à claire-voie spécialement gravé.

Cette estampe est l'un des chefs-d'œuvre de la gravure anglaise au XVIIIe siècle.

Voir la reproduction, face au titre du Catalogue.

COSWAY (d'après R.)

82. — Mrs *Tickell*. Gravée par John Condé. Petit in-fol.
au pointillé et à la manière du crayon.

Très belle épreuve légèrement rehaussée. Elle est avec son
cadre gravé, formant marge. Encadrée.

COSWAY (d'après R.)

83. — LES ENFANTS DU PRINCE *Woronzow*: Michel et
Catherine. Gravé par C. Watson. In-4º ovale au
pointillé.

Très belle épreuve légèrement bistrée. Elle est du premier
tirage, avec le nom des enfants en russe. Marges. Rare.

COSWAY (d'après R.)

84. — MADEMOISELLE LA CHEVALIÈRE *d'Eon de Beaumont*. Gravée par Th. Chambars. Petit in-8º au
pointillé.

Très belle épreuve imprimée en bistre. Marges. Encadrée.

DAULLÉ (J.)

85. — Mme *Favart* (M.-J. Benoîte Duronceray), dans le
rôle de Bastienne. D'après C. Vanloo. (De L. 18).
In-fol. au burin.

Très belle épreuve tirée avant la mention : *Portrait de Mme
Favart*. Grandes marges.

DAVESNE et NATOIRE (d'après)

86. — LA COQUETTE SOPHIE.

LA TENDRE ÉLÉONORE.

Deux pièces faisant pendants. Gravées par Voyez et Mlle Retord. In-fol. au burin.

Très belles et fraiches épreuves à toutes marges.

DAWE (Ph.)

87. — THE LAUNDRY MAID. D'après H. Morland. 1774. In-fol. à la manière noire.

Très belle épreuve. Petites marges.

DAWE (Ph.)

88. — THE OYSTER WOMAN. Estampe faisant pendant à la précédente. D'après H. Morland. In-fol. à la manière noire.

Très belle épreuve. Remmargée.

DAWE (Ph.)

89. — READING BY A PAPER-BELL SHADE. D'après H Morland. In-fol. à la manière noire.

Très belle épreuve. Marges.

DEBUCOURT (P. L.)

90. — LE BOUQUET PRÉSENTÉ. Sans nom de graveur. (M. F. 53). In-fol. au pointillé et à l'eau-forte.

Très belle épreuve. Marges. Rare.

DEBUCOURT (P. L.)

91. — JOUIS TENDRE MÈRE. Dessiné et gravé par Debucourt. (M. F. 58). In-fol. à la manière noire.

Très belle épreuve *imprimée en couleurs*. Elle est d'un état non décrit, intermédiaire entre le premier et le second : avant la lettre, mais avec la signature gravée, laissant voir des traces de l'état précédent. Grandes marges. Partie de la marge du haut habilement refaite.

DEBUCOURT (P. L.)

92. — ILS SONT HEUREUX. Peint et gravé par Debucourt (M. F. 59). In-fol. à l'aquatinte et au pointillé.

Très belle épreuve *imprimée en couleurs*. Petites marges. Bonne conservation.

DEBUCOURT (P. L.)

93. — LE CARNAVAL. Dessiné et gravé par Debucourt en 1810. (M. F. 219). In-fol. à l'aquatinte.

Très belle épreuve. Petites marges. Encadrée.

DEBUCOURT (P. L.)

94. — LA DANSE DES CHIENS EN DÉSORDRE. D'après C. Vernet (M. F. 415). In-fol. à l'aquatinte.

Très belle épreuve *imprimée en couleurs*. Marges du cuivre.

DE GOUY

et autres petits Maîtres du XVIIIe Siècle

DE GOUY (A. M.)

95. — ON LA TIRE AUJOURD'HUI.
Petit médaillon d'après l'estampe de Boilly gravée par Tresca.

Très belle épreuve *imprimée en couleurs*. Petites marges. Conservée dans son cadre ancien.

DE GOUY (A. M.)

96. — LA DOUCE RÉSISTANCE.
Petit médaillon d'après l'estampe de Boilly gravée par Tresca.

Très belle épreuve *imprimée en couleurs*. Petites marges. Conservée dans son cadre ancien.

DE GOUY (A. M.)

97. — La Comparaison des Petits Pieds.
Petit médaillon d'après l'estampe de Boilly gravée par Chaponnier.

Très belle et fraîche épreuve *imprimée en couleurs*. Filet de marges. Enchâssée dans une boîte à intérieur en écaille, avec cercle d'or.

DE GOUY (A. M.)

98. — Les Trois Graces. Petit médaillon d'après l'estampe d'Eisen.

Très belle épreuve *imprimée en couleurs*. Marges. Encadrée.

DE GOUY (A. M.)

99. — Le Verrou.
Petit médaillon d'après l'estampe de Fragonard gravée par Blot.

Superbe épreuve *imprimée en couleurs*. Grandes marges. Encadrée.

DE GOUY (A. M.)

100. — Coucou.
Petit médaillon d'après l'estampe de Le Roy, gravée par Beljambe.

Très belle épreuve *imprimée en couleurs*. Très grandes marges Encadrée.

TAYLOR (C.)

101 — THE HAPPY RESEMBLANCE. Gravé en réduction de *La Consolation de l'Absence*, de Lavreince. Petit in-8° au pointillé.

Très belle épreuve imprimée en bistre. Petite pièce fort rare, non décrite par M. Bocher. Marges. Encadrée.

TAYLOR (C.)

102. — THE SLEEPING FAIR. Gravé en réduction de *L'Amour à l'Espagnole*, de Le Prince. Petit in-8° au pointillé.

Très belle épreuve imprimée en bistre. M. Bocher ne cite pas non plus cette petite pièce dans son Catalogue de l'Œuvre de A. de St-Aubin. Marges. Encadrée.

DE MACHY (d'après)

103. — ENVIRONS DE ROME. Gravé par Descourtis. In-fol. en médaillon, au lavis de couleurs.

Très belle épreuve *imprimée en couleurs*. Petites marges.

DEMARTEAU (G.)

104. — GROUPE DE TÊTES : Trois Têtes de Jeunes Filles et au-dessous cinq Têtes d'Enfants. D'après Boucher. N° 27. In-fol. à la manière du crayon.

Très belle épreuve imprimée en sanguine. Marges.

DEMARTEAU (G.)

105. — LA MARAUDEUSE DE FLEURS. D'après Boucher. N° 84. In-fol. à la manière du crayon.

Très belle épreuve imprimée en sanguine. Toutes marges. Rare.

Voir la reproduction.

DEMARTEAU (G.)

106. — JEUNE FEMME EN BUSTE, de face, rose dans les cheveux, les mains croisées sur un dossier de chaise et tenant un cahier de musique. D'après Boucher. N° 127. In-fol. à la manière du crayon.

Très belle épreuve imprimée en sanguine. Petites marges.

DEMARTEAU (G.)

107. — TÊTE DE FEMME, les yeux au ciel. 149.
TÊTE DE JEUNE FILLE, renversée vers la gauche. 151.
Deux pièces faisant pendants. D'après Boucher.
In-4° aux crayons de couleurs.

Très belles épreuves *imprimées en couleurs*. Sans marges. Encadrées.

DEMARTEAU (G.)

108. — BERGÈRE ASSISE SOUS UN ARBRE. D'après Boucher. N° 163. In-4° à la manière du crayon.

Très belle épreuve tirée en deux tons, noir et sanguine, donnant le plus gracieux effet. Petites marges.

DEMARTEAU (G.)

109. — Vénus couronnée par les Amours. D'après
Boucher. N° 378. In-4° à la manière du crayon.

Très belle épreuve *imprimée en couleurs*. Marges jusqu'au filet
extérieur. Encadrée.

DICKINSON (W.)

110. — Lydia. Jeune femme couchée, en déshabillé de
nuit. Elle a les seins découverts et porte un joli
bonnet. D'après W. Peters. In-fol. à la manière
noire.

Superbe et très rare épreuve *imprimée en couleurs* d'une des
plus jolies estampes du XVIIIe siècle galant. Marges. Encadrée.

Voir la reproduction.

DOWNMAN (d'après John)

111. — Lady *Duncannon*. Gravée par Burke (?). In-4 ovale,
au pointillé.

Très belle épreuve, délicatement rehaussée de couleurs. Sans
marges. Encadrée à l'ovale.

DOWNMAN (d'après John)

112. — Mrs *Siddons*. Gravée par Tomkins. In-4 ovale, au
pointillé.

Très belle épreuve. Sans marges. Les noms des artistes con-
servés. Encadrée à l'ovale.

DOWNMAN (d'après John)

113. — HER GRACE THE DUTCHESS OF *Richmond*. Gravée par Burke. In-4 ovale au pointillé.

Très belle épreuve légèrement bistrée. Marges. Encadrée.
Voir la reproduction.

DOWNMAN (d'après John)

114. — LADY ELISABETH *Foster*. Gravée par Caroline Watson. In-4° ovale au pointillé.

Très belle épreuve légèrement bistrée. Marges. Encadrée.

DOWNMAN (d'après John)

115. — THE R' HON^ble LADY ELISABETH *Lambart*. Gravée par J. Baldrey. In-4° ovale, au pointillé.

Très belle épreuve légèrement bistrée. Marges. Encadrée.

DOWNMAN (d'après John)

116. — LADY *Ashburton*. Gravée par F. Bartolozzi. In-4° ovale, au pointillé.

Très belle épreuve imprimée en bistre. Marges. Encadrée.

DUTAILLIS (d'après)

117. — LE TRAVAIL AGRÉABLE.
LA RÉCRÉATION APRÈS LE DINÉ.

Deux pièces faisant pendants, gravées par la citoyenne Montalan et publiées chez Basset, rue Jacques. In-8º au pointillé.

Très belles épreuves *imprimées en couleurs*. Marges. Les sujets gracieux de l'Ecole française publiés pendant la période révolutionnaire sont très peu nombreux.

EARLOM (Richard)

118. — A FRUIT PIECE.
A FLOWER PIECE.

Deux estampes faisant pendants. D'après Van Huysum. In-fol. à la manière noire.

Très belles et rares épreuves *imprimées en couleurs* avec les armes. Marges. Encadrées.

EARLOM

119. — THE IRON FORGE. D'après Wright, 1772. Grand in-fol. à la manière noire.

Très belle épreuve. Sans marges. Encadrée.

ÉCOLE ANGLAISE DU XVIIIᵉ SIÈCLE

120. — PORTRAIT DE JEUNE FEMME en mantille, avec large chapeau, tenant une rose à la main. Sans nom de graveur. In-4º ovale, au pointillé.

Très belle épreuve *imprimée en couleurs*. Filet de marges. Encadrée à l'ovale.

ÉCOLE ANGLAISE DU XVIIIᵉ SIÈCLE

121. — ROSALIND. Grand portrait de jeune femme en costume de chasseresse. Pièce anonyme attribuée à J. R. Smith. In-fol. à la manière noire.

Très belle épreuve *imprimée en couleurs*. Grande pièce décorative. Marges. Encadrée.

ÉCOLE ANGLAISE

122. — RÊVERIE. Portrait d'une jeune dame assise, avec grand chapeau. Sans noms d'artistes. In-4° au pointillé.

Très belle épreuve tirée sans aucune lettre. Marges du cuivre.

ÉCOLE FRANÇAISE DU XVIIIᵉ SIÈCLE

123. — MOTIFS POUR BOUTONS. Sujets galants, Amours, etc. Sans noms d'artistes. Série de 12 boutons imprimés sur trois feuilles in-8° au pointillé.

Très belles épreuves *imprimées en couleurs*. Grande fraicheur. Rares.

ÉCOLE FRANÇAISE DU XVIIIᵉ SIÈCLE

124. — COMPARAISON DU BOUTON DE ROSE.
LA VERTU IRRÉSOLUE.

Deux pièces faisant pendants. Gravées en réduction des estampes de Dennel, avec variantes. In-8 au lavis.

Très belles épreuves imprimées en bistre. Grandes marges. Rares.

ÉCOLE FRANÇAISE DU XVIIIᵉ SIÈCLE

125. — LA COMPARAISON DU BOUTON DE ROSE. — PASTORALES, de Queverdo. Trois pièces. La première est avant toutes lettres.

Bonnes épreuves. Manquent de conservation

ESTAMPES JAPONAISES

126. — SUJETS GALANTS. Grivoiseries. Suite de huit pièces in-fol.

Épreuves en couleurs montées sur cartons.

FRAGONARD (d'après H.)

127. — LE VERROU.
LE CONTRAT.

Deux pièces faisant pendants. Gravées par M. Blot. In-fol. au burin.

Très belles épreuves avec marges. La seconde est avec le titre seul et les noms des artistes à la pointe, sous le trait carré.

FRAGONARD (d'après H.)

128. — LA BONNE MÈRE. Gravée par de Launay. In-fol. au burin.

Très belle épreuve. Sans marges. Cadre ancien en bois sculpté et doré.

FRAGONARD (d'après H.)

129. — S'IL M'ÉTAIT AUSSI FIDÈLE. Gravé par Dennel. In-fol. au burin.

Très belle épreuve *avant la lettre* et avant les noms des artistes. Grandes marges.

FRAGONARD (d'après H.)

130. — LE BAISER DANGEREUX. Gravé par Flipart. In-fol. au burin.

Très belle épreuve avec toute sa marge.

FRAGONARD (d'après H.)

131. — BUSTE DE JEUNE FEMME, le sein découvert, fleur dans les cheveux. Gravé en 1782, par Picot. In-8°, ovale, au pointillé.

Charmante petite pièce, très fine et rare. Très belle épreuve imprimée en bistre. Marges. Encadrée.

GARBIZZA (A.)

132. — VUE DU CHATEAU DE ST-CLOUD. Dessinée et gravée par Garbizza. In-fol. au trait et lavis.

Très belle et rare épreuve d'un tout premier tirage, sur papier bleuté, avant que la planche ait été jointe à la série des Garbizza. Elle est en excellent coloris de l'époque et a de la marge, sauf dans le haut, la pièce ayant été autrefois reliée dans un album.

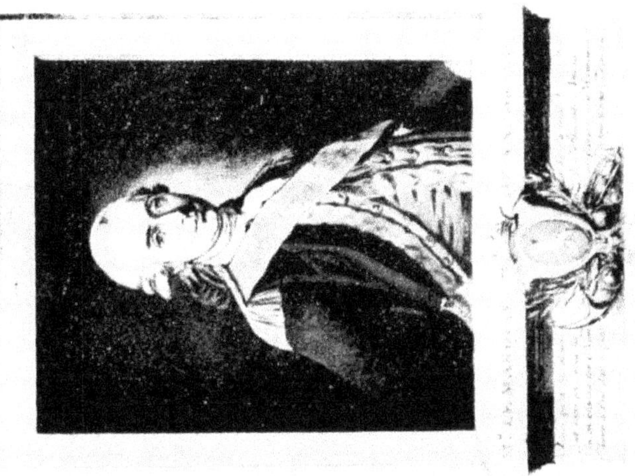

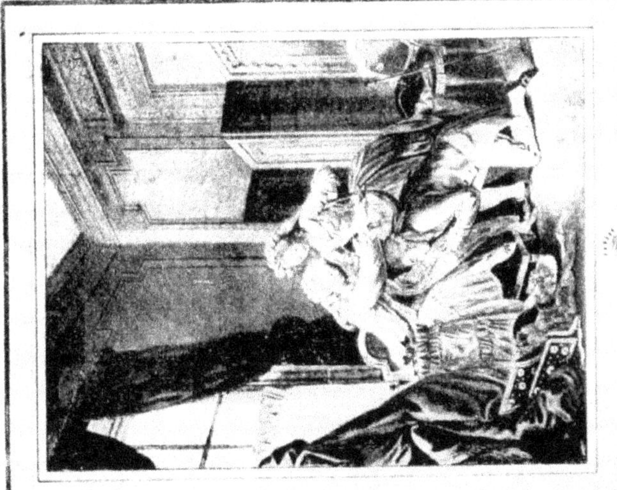

L'AUTOMNE

N° 180

N° 330

Mrs MATHEW

GAUGAIN (T.)

133. — A PEASANT BOY.
A GIRL RETURNING FROM MILKING.

Deux pièces faisant pendants. D'après R. Westall. In-fol. au pointillé.
Superbes et fraîches épreuves *imprimées en couleurs*. Marges.

GODBY (James

134. — THE DRINKING WELL IN HYDE-PARK
THE DIPPING WELL IN HYDE-PARK.

Deux grandes estampes faisant pendants. D'après Spilsbury et Wheatley. In-fol. au pointillé.

Superbes épreuves *imprimées en couleurs*. Marges. Rares. Encadrées.

GRAVELOT (d'après)

135. — LE LECTEUR. Gravé par R. Gaillard. In-fol. au burin.

Très belle épreuve à toutes marges. Collection du Duc de Cambridge.

GREUZE (d'après J. B.)

136. — SERENA. Jeune fille en buste, dans un ovale. Gravée par J. F. Bause (Le Bl. 257). In-4° au pointillé.

Très belle épreuve imprimée en bistre. Elle est *avant la lettre* et a la marge du cuivre.

HAMILTON (d'après W.)

137. — LES MOIS. Suite complète de 12 estampes. Gravées par Gardner et Bartolozzi. In-fol. au pointillé.

Très belles épreuves *imprimées en couleurs*, avec de bonnes marges. Quelques piqûres de vers habilement restaurées. Il est rare de rencontrer la série complète.

Voir la reproduction.

HAMILTON (d'après W.)

138. — THE SHEPHERDESS OF THE ALPS. Gravée par J. Eginton. In-fol. au pointillé.

Très belle épreuve *imprimée en couleurs*, avec une marge très courte. Encadrée.

HARRIET (d'après F. J.)

138. — LE THÉ PARISIEN. Suprème Bon Ton au commencement du 19ᵉ siècle. Gravé par Ad. Godefroy. In-fol. au burin.

Très belle épreuve dans son coloris original très frais. Marges. Encadrée.

HARRIET (d'après F. J.)

140. — PROMENADE DE LONGCHAMP. Gravée par A. Godefroy (?). In-fol. au burin.

Très belle épreuve dans son coloris original. Elle est sans marge, et une cassure au milieu a été réparée. Rare. Encadrée.

HOPPNER (d'après John)

141. — THE RIGHT HON^{ble} CHARLOTTE VISCOUNTESS
St Asaph. Gravée par C. Wilkin. In-4°, au pointillé.

Très belle épreuve imprimée en bistre. Sans marges. Un des
plus beaux portraits de la série des Hoppner, et peut-être même
de l'école anglaise en général. Encadrée.
Voir la reproduction sur la couverture du catalogue.

HOPPNER (d'après John)

142. — LADY CHARLOTTE *Duncombe*. Gravée par C.
Wilkin. In-4° au pointillé.

Très belle épreuve imprimée en bistre. Sans marges.
Encadrée.

HOPPNER (d'après John)

143. — LADY *Langham*. Gravée par C. Wilkin. In-4° au
pointillé.

Magnifique épreuve imprimée en bistre. Elle est *avec la lettre
ouverte* et a une belle marge. Rare en cet état. Encadrée.

HOPPNER (d'après John)

144. — THE RIGHT HON. LADY *Mulgrave*. A i-corps,
accoudée à une terrasse. Gravée par G. Clint.
In-fol. à la manière noire.

Superbe épreuve très légèrement bistrée de ce beau portrait
Grandes marges. Rare.
Voir la reproduction.

HOPPNER (d'après John)

145. — LADY FRANCES *Jerningham*, AS HEBE. Gravée par H. Meyer. Petit in-fol. au pointillé.

Très belle épreuve *imprimée en couleurs*. Sans marges. Encadrée.

HOPPNER (d'après John)

146. — CECILIA. (Portrait de Mrs *Hoppner*, femme du peintre). Gravée par J. Baldrey. In-4° au pointillé.

Très belle épreuve imprimée en sanguine de ce joli portrait de jeune femme en chapeau. Petites marges. Encadrée.

HOPPNER (d'après John)

147. — THE FORTUNE TELLER. Gravée par W. Humphrey. In-fol. à la manière noire.

Belle épreuve *imprimée en couleurs*. Très petites marges. Encadrée.

HOUSTON (R.)

148. — MISS HARRIET *Powell*. In-fol. à la manière noire. Elle est représentée assise, tournée vers la gauche et regardant de face. Elle est coiffée d'un charmant bonnet tuyauté et est occupée à accorder une guitare. Beau portrait.

Très belle épreuve. Elle est sans marges et tendue. Encadrée.

HUBERT-ROBERT (d'après)

149. — Villa Sachetti.
Villa Madama.
Deux pièces faisant pendants. Gravées par F.
Janinet, 1778. In-fol. au lavis de couleurs.

Superbes épreuves *imprimées en couleurs*. Elles sont très
fraîches et ont toutes leurs marges non ébarbées. Très rares de
cette qualité.

HUBERT-ROBERT (d'après)

150. — Restes du Palais du Pape Jules. Gravé par F.
Janinet. In-fol. au lavis de couleurs.

Très belle épreuve *imprimée en couleurs*, avec une belle marge.
Condition parfaite.

HUBERT-ROBERT (d'après)

151. — L'Hermite du Colisée.
La Prière interrompue.
Deux pièces faisant pendants. Gravées par J. B.
Morret et Descourtis. In-fol. à l'aquatinte.

Très belles épreuves *imprimées en couleurs*. Marges. Encadrées.

HUCK (d'après J. G.)

152. — The Lovers' Parting. Gravé par J. Ryder. Petit
in-fol. au pointillé.

Très belle épreuve imprimée en bistre foncé. Petites marges.
Encadrée à l'ovale.

HUET (d'après J.-B.)

153. — L'Amant Écouté. Gravé par Bonnet. In-fol. au pointillé.

Très belle épreuve *imprimée en couleurs*. Elle est sans marges, mais a son titre conservé.

HUET (d'après J.-B.)

154. — Pastorale : Une jeune bergère garde ses moutons, son galant l'embrasse et lui apporte une couronne de fleurs : paysage avec ruines. Gravée par Demarteau ou Jubier. In-fol. à la manière du crayon avec lavis.

Très belle épreuve *imprimée en couleurs*. Elle est *avant toute lettre* et a un centimètre de marges. Rare.

HUET (d'après J.-B.)

155. — Jeune Bergère fuyant nue par la campagne et poursuivie par l'Amour. Gravée par Demarteau, n° 643. In-4° au lavis de couleurs.

Très belle épreuve *imprimée en couleurs*. Marges.

HUET (d'après J.-B.)

156. — La Déclaration ou Le Doux Baiser. Gravée par Bonnet. In-4° à la manière du crayon.

Très belle épreuve *imprimée en couleurs*. Sans marges. Rare. Encadrée.

HUET (d'après J.-B.)

157. — La Clochette, conte de La Fontaine. Gravée par
Bonnet. In-4° au lavis de couleurs.

Très belle épreuve *imprimée en couleurs*. Remmargée.

HUET (d'après J.-B.)

158. — Le Repas des Vendangeuses. Gravé par J. A.
L'Eveillé. In-4° au lavis de couleurs.

Très belle épreuve *imprimée en couleurs*. Très petites marges.
Cadre ancien en bois sculpté et doré.

HUET (d'après J.-B.)

159. — Pastorale. Jeunes bergères et moutons. Gravée
par Jubier ? In-4° au lavis de couleurs.

Très belle épreuve *imprimée en couleurs*. Filet de marges.
Encadrée.

HUET (d'après J.-B.)

160. — Jupiter et Danae. Gravé par Demarteau, n° 57.
In-4° ovale, à la manière du crayon.

Très belle épreuve *imprimée en couleurs*. Marges. Raccommo-
dage dans le ciel à gauche.

HUET (d'après J.-B.)

161. — Le Triomphe de Galathée. Gravé par L. Bonnet.
In-4° ovale, à la manière du crayon.

Très belle épreuve *imprimée en couleurs*. Petites marges.

HUET (d'après J.-B.)

162. — Le Petit Marché. Gravé par Bonnet. In-4° à la
manière du crayon.

Très belle épreuve *imprimée en couleurs*. Rognée à l'encadrement, sauf dans le bas. Encadrée.

HUET (d'après J.-B.)

163. — La Laitière. Gravée par Demarteau, n° 407. In-
fol. à la manière du crayon.

Très belle épreuve *imprimée en couleurs*. Sans marges, mais
avec le filet d'encadrement. Encadrée.

HUET (d'après J.-B.)

164. — Le Chasseur endormi. Gravé par Demarteau, n°
472. In-fol. à la manière du crayon.

Très belle épreuve *imprimée en couleurs*. Sans marges, mais
avec le filet d'encadrement. Encadrée.

HUET (d'après J.-B.)

165. — LA MARCHANDE DE LÉGUMES. Gravée par Demarteau, n° 363. Petit in-fol. à la manière du crayon.

Très belle épreuve imprimée en sanguine. Petites marges. Encadrée.

HUET (d'après J.-B.)

166. — LE PETIT SABOT. Gravé par Bonnet. Petit in-4° à la manière du crayon.

Très belle épreuve *imprimée en couleurs*. Un centimètre de marges. Encadrée.

HUET (d'après J.-B.)

167. — LE PETIT CHATEAU DE CARTES. Gravé par Bonnet. Petit in-4° à la manière du crayon.

Très belle épreuve *imprimée en couleurs*. Un centimètre de marges. Encadrée.

HUET (d'après J.-B.)

168. — LE COQ SECOURU. Gravé par Bonnet. Petit in-4° à la manière du crayon.

Très belle épreuve *imprimée en couleurs*. Un centimètre de marges. Encadrée.

HUET (d'après J.-B.)

169. — LES ECHASSES. Gravé par Bonnet. Petit in-4° à la
manière du crayon.

Très belle épreuve *imprimée en couleurs*. Un centimètre de
marges. Encadrée.

HUET (d'après J.-B.)

170. — LE CERF-VOLANT.
LA BONNE CHIENNE.

Deux pièces de la série des jeux d'enfants. Gravées par Bonnet. In-4° à la manière du crayon.

Belles épreuves *imprimées en couleurs*. Elles sont sans marges
et découpées. Encadrées.

JANINET (F.)

171. — LES TROIS GRACES. D'après Pellegrini. In-fol. au
lavis de couleurs.

Très belle épreuve *imprimée en couleurs*, d'un état intermé-
diaire. Elle est avant la lettre, mais avec la guirlande de roses.
C'est le plus joli état de la planche, et aussi le plus rare.
Marges.

JANINET (Fr.)

172. — VÉNUS EN RÉFLEXION. D'après Charlier. In-fol.
en médaillon, au lavis de couleurs.

Très belle épreuve *imprimée en couleurs*. Marges.

JANINET (Fr.)

173. — LE BAISER DE L'AMOUR.
LE BAISER DE L'AMITIÉ.

Deux pièces faisant pendants. D'après Doublet. In-fol. au lavis de couleurs.

Très belles épreuves *imprimées en couleurs*. Elles sont sans marges et ont leurs titres remis à la plume. De plus, la première des deux estampes a son cadre marbré en partie refait très habilement sur les bords.

Cadres anciens en bois sculpté et doré sans retouches.

JANINET (Fr.)

174. — LES COMÉDIENS COMIQUES.
LES RENDEZ-VOUS COMIQUES.

Deux charmantes pièces faisant pendants. D'après Ant. Watteau. Petit in-4° au lavis de couleurs.

Très belles épreuves *imprimées en couleurs*. Elles sont remmargées, mais la première possède encore son titre et ses filets originaux.

Très beaux cadres Louis XVI à rubans, en bois sculpté et doré, sans retouches.

JANINET (F.)

175. — CINQ BUSTES DE JEUNES FEMMES, dont un en tout petit, réunis sur une même planche. In-fol. au lavis de couleurs.

Très belle et première épreuve, *imprimée en couleurs, avant toute lettre* et avec de nombreuses traces d'essais de burin. Toutes marges.

KNIGHT (C.)

176. — Tragic Readings. D'après Boyne. 1791. In-fol.
au pointillé.

Très belle épreuve *imprimée en couleurs*, avec la lettre ouverte. Curieux sujet humoristique. Marges.

LA LIVE DE JULLY (A. L. de)

177. — Portrait de Mme la Marquise d'*Estampes*.
D'apres Cochin. Au bas, quatre vers où elle est
comparée à Hébé. N° 45 du catalogue de Cochin
par Jombert. In-8° à l'eau-forte.

Très belle épreuve d'un portrait assez rare. Marges. Encadrée.

LASINIO (Carlo)

178. — Intérieur flamand. D'après un tableau de la
Galerie de Florence. In-fol. à la couleur à l'huile.

Très belle épreuve *imprimée en couleurs*, avec quelques rehauts
de blanc. Ce procédé fut employé pour donner l'illusion de la
peinture originale. Sans marges. Coins restaurés. Très rare.

LAVREINCE (d'après N.)

179. — L'Assemblée au Salon. Gravée par Dequevauviller. (E. B. 6). In-fol. au burin.

Superbe épreuve. Elle est avec le titre, mais *avant la dédicace*. Très grandes marges.

LAVREINCE (d'après N.)

180. — L'Automne.

L'Hiver.

Deux pièces faisant pendants. Gravées et publiées par Vidal. (E. B. 7 et 29). In-4° ovales au lavis de couleurs.

Superbes épreuves *imprimées en couleurs*. Elles sont très fraîches et ont toute la marge du cuivre. Très rares.
Voir la reproduction.

LAVREINCE (d'après N.)

181. — L'Aveu Difficile. Gravé par F. Janinet en 1787. (E. B. 8). In-fol. au lavis de couleurs.

Très belle épreuve *imprimée en couleurs*. Petites marges.

LAVREINCE (d'après N.)

182. — La Comparaison. Gravée par F. Janinet en 1786. (E. B. 12). In-fol. au lavis de couleurs.

Très belle épreuve *imprimée en couleurs*. Petites marges. Pli adroitement effacé.

LAVREINCE (d'après N.)

183. — La Comparaison. Gravée par F. Janinet en 1786. (E. B. 12). In-fol. au lavis de couleurs.

Très belle épreuve *imprimée en couleurs*. Elle est sans marges et malheureusement rognée dans l'estampe même. Encadrée.

LAVREINCE (d'après N.)

184. — LE BILLET DOUX.
QU'EN DIT L'ABBÉ.

Deux estampes faisant pendants, gravées par De Launay. (E. B. 10 et 51). In-fol. au burin.

Très belles épreuves ayant un bon centimètre de marges. Encadrées.

LAVREINCE (d'après N.)

185. — LE DÉJEUNER ANGLAIS. Gravé par Vidal. (E. B. 17). In-fol. en hauteur.

Très belle épreuve *en couleurs*, avec les points de repère. Marge du cuivre entièrement conservée. Encadrée.

LAVREINCE (d'après N.)

186. — LE LEVER DES OUVRIÈRES EN MODES. Gravé par F. Dequevauviller. (E. B. 36). In-fol. au burin.

Très belle épreuve. Elle est avant que l'adresse du graveur ait été remplacée par celle de Bance. Marges du cuivre. Encadrée.

LAVREINCE (d'après N.)

187. — LES OFFRES SÉDUISANTES. Gravée par Delignon. (E. B. 43). In-fol. au burin.

Très belle épreuve. Petites marges.

LAVREINCE (d'après N.)

188. — LE ROMAN DANGEREUX. Gravé par Helman. (E.
  B. 56). In-fol. au burin.

Très belle épreuve. Sans marges sur les côtés, mais petite
marge dans le bas, donnant l'adresse de l'auteur.

LAVREINCE (d'après N.)

189. — THE GREEN PLOT. Sans noms d'artistes. (E. B. 10
  des pièces attribuées). Grand in-8, médaillon, au
  burin.

Belle épreuve. Marges. Encadrée.

LAWRENCE (d'après Sir Th.)

190. — MISS *Croker*, gravée par S. Cousins. In-fol. à la
  manière noire.

Très belle épreuve avec la première adresse, de ce charmant
portrait, un des plus beaux du peintre et réputé également
comme l'un des chefs-d'œuvre de Cousins. Bonne marge.
Encadrée.

LAWRENCE (d'après Sir Th.)

191. — LADY *Grosvenor*, gravée par C. Turner. In-fol. à
  la manière noire.

Très belle épreuve avec marges. Encadrée.

LAWRENCE (d'après Sir Th.)

192. — RURAL AMUSEMENT. Deux jeunes garçons passant un gué. Gravé par J. Bromley. In-fol. à la manière noire.

Très belle épreuve. Marges.

LAWRENCE (d'après Sir Th.)

193. — MASTER *Lambton*. Sans nom de graveur. In-fol. à la manière noire.

Belle épreuve. Marges. Encadrée.

LEBEL (d'après E.)

194. — ELLE EST PRISE ! Gravée par Pillement et Niquet. In-fol. à l'eau-forte et au burin.

Très belle et rare épreuve *avant la lettre*. Bonnes marges.

LE CLERC (d'après)

195. — LE BON LOGIS. Scène galante des rues de Paris. Gravée par L. Bonnet. In-fol. à la manière du crayon.

Très belle épreuve imprimée en sanguine. Toutes marges

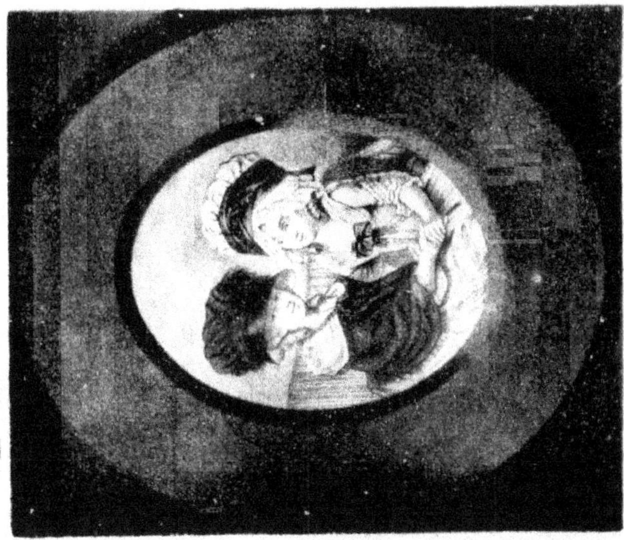

N°

DELLA ... DONNA

N° 272

TROISIÈME APPARTEMENT
N° 314

LE CLERC (d'après)

196. — LE BEAU ROSIER.
LA TULIPE CASSÉE.

Deux pièces en médaillons faisant pendants. In-4 à la manière du crayon.

Très belles épreuves *imprimées en couleurs*. La première est *avant toute lettre*. Marges.

LE CLERC (d'après)

197. — TÊTE DE FLORE. Portrait présumé de *Charlotte Desmares*, du Théâtre Français. Gravée par Duruisseau. In-fol. à la manière du crayon.

Très belle épreuve *imprimée en couleurs*. Belle pièce décorative. Marges. Encadrée.

LE CŒUR

198 — AH MON DIEU ! QU'IL FAIT FROID. D'après Wheatley. In-4 au lavis de couleurs.

Très belle épreuve *imprimée en couleurs*, d'un charmant portrait de femme en chapeau. Petites marges.

LEGRAND (Aug.)

199. — LA DANCE. Dessiné et gravé par Aug. Legrand. In-fol. au pointillé.

Très belle épreuve *imprimée en couleurs*. Marges. Rare. Jolie pièce de l'époque Empire. Encadrée.
Voir la reproduction.

LEGRAND (Aug.)

200. — LOUISA. Deux pièces ovales faisant pendants. D'après G. Morland. In-fol. au pointillé.

Très belles épreuves *imprimées en couleurs*. Marges.

LE GRAND (P. F.)

201. — L'AMOUR RAMONEUR. D'après Le Roy. In-fol. ovale au pointillé.

Très belle épreuve *imprimée en couleurs*. Un centimètre de marges. Encadrée à l'ovale.

LELY (d'après P.)

202. — PAMELA AND PHYLOCLEA. Petit sujet ovale dans un encadrement équarri. Gravé par V. Green. In-4° à la manière noire.

Très belle épreuve avec toute sa marge.

LE PRINCE (d'après J. B.)

203. — CARTOUCHE STYLE ROCAILLE, orné de fleurs et feuillages, formant le titre du « Recueil de Griffonnis. » Gravé par Saint-Non. In-fol. à l'eau-forte et au burin.

Trois épreuves d'états différents : Avant la lettre, fond blanc. — Avec le texte imprimé. — Le texte enlevé, ainsi que le panier de fleurs suspendu dans le haut ; et dans le milieu la petite Balanceuse ovale enchâssée dans une guirlande de feuillages.
Petites marges.

LÉVILLY (J. P.)

204. — LA RÉCRÉATION.
LES SOINS DOMESTIQUES.
Deux pièces faisant pendants. D'après Westall.
In-fol. au pointillé.
Très belles et fraîches épreuves *imprimées en couleurs*. Bonnes
marges.

LEVILLY (J. P.)

205. — A WIFE. D'après J. R. Smith. Petit in-fol. au
pointillé.
Très belle épreuve *imprimée en couleurs*. Marges.

LÉVILLY (J. P.)

206. — A WIDOW. D'après J. R. Smith. Petit in-fol. au
pointillé.
Très belle épreuve, *imprimée en couleurs*. Filet de marges.
Encadrée.

LIOTARD (d'après J. E.)

207. — MADEMOISELLE *Lavergne*, NIÈCE DE M. *Liotard*.
Assise et lisant une lettre, elle est vue à mi-corps,
élégamment vêtue d'un corsage lacé sur le devant.
Gravée par Daullé et Ravenet. Grand in-fol. au
burin.

Superbe épreuve. Elle est très fraîche et a toute sa marge. Très
rare en cette condition.

LONGUEIL (Joseph de)

208. — LES DONS IMPRUDENTS. D'après Borel. In-fol. au
lavis de couleurs.

Magnifique épreuve *imprimée en couleurs*. Elle est très fraîche
et a un bon centimètre de marges. Très rare.
Voir la reproduction.

MARCUARD (S.)

209. — BEATRICE. Petit portrait de femme. D'après S.
Harding. In-8º ovale au pointillé.

Très belle épreuve *imprimée en couleurs*. Marges. Encadrée.

MARIN BONNET (L.)

210. — THE PRETTY NOSEGAY GIRL. D'après Greuze. Petit
in-fol. ovale, à la manière du crayon.

Très belle épreuve *imprimée en couleurs*, avec son cadre
rehaussé d'or. Encadrée à l'ovale.

MARIN BONNET (L.)

211. — JEUNE FILLE EN BUSTE, profil à droite, la gorge nue.
Gravée par Louis Marin Bonnet. In-fol. à la manière noire du crayon.

Très belle et fraîche épreuve *imprimée en couleurs* avec son
cadre rehaussé d'or. Sans marges. Jolie pièce.

MARIN BONNET (Louis)

212. — THE DANGER OF SLEEP.
THE TRUE PATERNAL CARE.

Deux estampes faisant pendants. Gravées par Marin Bonnet, en 1777. Petit in-fol. au lavis de couleurs avec bordure gravée à la manière du crayon.

Très belles épreuves *imprimées en couleurs* avec leurs bordures imprimées en or. Petites marges. Encadrées.

MASQUERIER (d'après J.)

213. — MISS *O'Neill*. Gravée par W. Say. In-fol. à la manière noire.

Superbe et très rare épreuve *imprimée en couleurs*, la robe donnant l'illusion du velours. Bonnes marges. Encadrée.

MASQUERIER (d'après J.)

214. — MARCHIONESS OF *Donegal*, M⁰ May. Miss May and the Earl of Belfast (represented as Fortune Teller). Gravé par Cardon. Grand in-fol. au pointillé.

Très belle épreuve *imprimée en couleurs*. Petites marges.

MODES ET COSTUMES

215. — ROBE DE COUR RETROUSSÉE SUR LE COTÉ DROIT...

O.O.O. 355. Gravée par Dupin, d'après St-Aubin. (E. B. 590). In-fol. à l'eau-forte et au burin.

Très belle épreuve imprimée en bistre. Marges.

MODES ET COSTUMES

216. — GRANDE ROBE A LA SULTANE fermée sur le devant du corsage..... R. R. 236. Jeune femme dans l'attitude de la danse. Gravée par Janinet et Vossinik, d'après Le Clerc. In-fol. au lavis.

Très belle épreuve. Marges. Une des rares pièces de la Galerie des Modes gravée à la manière du lavis.
Voir la reproduction.

MODES ET COSTUMES

217. — MÉDÉE. Z. 139.
SILPHIDE. Z. 141.
SILPHE. Z. 142.
PAYSANNE GALANTE. Z. 143.
PAYSAN GALANT. Z. 144.
VÉNUS. A. A. 150.
REINE DES SYLPHES. B. B. 155.
Sept planches de J. B. Martin, pour la Galerie des Modes. In-fol. au burin.

Très belles épreuves dans leur ancien coloris. Grandes marges.

MODES ET COSTUMES

218. — LA BELLE SOPHIE ATTENDANT SON GALANT.
JEUNE DAME GUETTANT L'INSTANT FAVORABLE DU MISTÉRE GALANT.
LA BELLE DANS L'INCERTITUDE DE S'ASSEOIR, ATTEND AVEC IMPATIENCE SON AMANT A LA PROMENADE.
Trois pièces faisant partie de la Galerie des

Modes, d'Esnauts et Rapilly. Gravées par Le Bas et Dupin, d'après Watteau fils. In-fol. au burin.

Très belles épreuves dans leur coloris original. Elles n'ont que la marge du bas, pour le titre.
Voir la reproduction.

MODES ET COSTUMES

219. — Louis XVI.

Louis, Stanislas, Xavier, Monsieur.

Charles Philippe de France, Cte d'Artois.

Trois planches de la Collection d'Habillements Modernes et Galants, publiée par Basset. In-fol. au burin.

Très belles épreuves dans leur coloris original, *relevées d'or et d'argent*. Grandes marges. Rares.

MOITTE (d'après)

220. — L'Infidélité reconnue. Gravée par Dambrun. In-fol. au burin.

Très belle épreuve avec une petite marge.

MONDON (Le Fils)

221. — L'Heure du matin.

L'Heure du midi.

Le Tems de l'Après-dinée.

Le Tems de la Soirée.

Suite de quatre pièces décoratives. Gravées par Aveline père et fils. In-fol. au burin.

Très belles épreuves avec de grandes marges égales. Elles portent toutes l'adresse de A. Aveline. Très rares de cette qualité.

MONNET (d'après)

222. — L'Amour est de tout age. Gravé par Robillac et
publié chez Vidal. In-4° en médaillon dans un
encadrement gravé. Au lavis de couleurs.

Très belle épreuve *imprimée en couleurs*, d'une pièce très gra-
cieuse. Marges. Rare.

MOREAU LE JEUNE (d'après J. M.)

223. — Déclaration de la Grossesse. Gravée par P. A.
Martini. (E. B. 1348). In-fol. au burin.

Superbe et très rare épreuve *avant la lettre ;* seulement les
noms des artistes. Marges.

MOREAU LE JEUNE (d'après J. M.)

224. — J'en accepte l'Heureux Présage. Gravé par
Ph. Trière. (E. B. 1350). In-fol. au burin.

Superbe et très rare épreuve *avant la lettre* ; seulement les
noms des artistes. Marge du cuivre entière.

MOREAU LE JEUNE (d après J. M.)

225. — N'ayez pas Peur ma Bonne amie. Gravée par
Helman. (E. B. 1351). In-fol. au burin.

Superbe et très rare épreuve *avant la lettre* ; seulement les
noms des artistes. Marge du cuivre entière.

MOREAU LE JEUNE (d'après J. M.)

226. — C'EST UN FILS, MONSIEUR. **Gravé par C. Baquoy.** (E. B. 1352). In-fol. au burin.

Superbe et très rare épreuve *avant la lettre* ; seulement les noms des artistes. Marge du cuivre entière.

MOREAU LE JEUNE (d'après J. M.)

227. — LES PETITS PARRAINS. Gravé par Baquoy et Patas. (E. B. 1353). In-fol. au burin.

Superbe et très rare épreuve *avant la lettre* ; seulement les noms des artistes. Marge du cuivre entière.

MOREAU LE JEUNE (d'après J. M.)

228. — LES DÉLICES DE LA MATERNITÉ. Gravée par Heiman. (E. B. 1354). In-fol. au burin.

Superbe et très rare épreuve *avant la lettre* ; seulement les noms des artistes. Marge du cuivre entière.

MOREAU LE JEUNE (d'après J. M.)

229. — LA DAME DU PALAIS DE LA REINE. Gravée par P. A. Martini. (E. B. 1359). In-fol. au burin.

Superbe et très rare épreuve *avant la lettre* ; seulement les noms des artistes. Marge du cuivre entière.
Voir la reproduction.

MOREAU LE JEUNE (d'après J. M.)

230. — LE PREMIER BAISER DE L'AMOUR. Gravé par Le
Mire. (Mahérault 245. — E. B. 1403). Petit in-4° au
burin.

Très belle et rare épreuve du premier état terminé, *avant
toute lettre*. Petites marges. Légère tache dans le terrain.
Encadrée.

MORLAND (d'après G.)

231. — THE HAPPY FAMILY. Gravée par Dean et publiée
en 1787. In-fol. à la manière noire.

Superbe épreuve. Elle a une grande marge. Très rare de
cette qualité.

MORLAND (d'après G.)

232. — THE SQUIRE'S DOOR. Gravée par B. Duterreau et
publiée par J. R. Smith en 1790. In-fol. au pointillé.

Superbe épreuve *imprimée en couleurs*. Elle est d'une très belle
qualité mais n'a qu'un filet de marges.

MORLAND (d'après G.)

233. — THE FRUITS OF EARLY INDUSTRY AND ŒCONOMY.
Gravé par W. Ward. In-fol. à la manière noire.

Très belle épreuve *imprimée en couleurs*, avec quelques rehauts.
Sans marges. Encadrée.

MORLAND (d'après G.)

234. — VARIETY. Gravé par Ward ? In-4° au pointillé.

Très belle épreuve *imprimée en couleurs*. Sans marges. Une des plus jolies pièces de l'école anglaise. Encadrée.

MORLAND (d'après G.)

235. — THE BARN DOOR. Gravé par W. Ward. In-fol. à la manière noire.

Très belle épreuve *imprimée en couleurs*. Doublée. Marges. Encadrée.

MORLAND (d'après G.)

236. — MILK MAID AND COW HERD. Gravé par J. R. Smith. In-fol. à la manière noire.

Très belle épreuve avec une bonne marge.

MORLAND (d'après G.)

237. — CHILDREN PLAYING AT SOLDIERS. Gravé par G. Keating. In-fol. à la manière noire.

Superbe épreuve, sans marges. Encadrée.

MORLAND (d'après G.)

238. — BLIND MAN'S BUFF. Gravé par W. Ward. In-fol.
à la manière noire.

Superbe épreuve, sans marges. Encadrée.

MORLAND (d'après G.)

239. — A VISIT TO THE CHILD AT NURSE. Gravé par W.
Ward. In-fol. à la manière noire.

Très belle épreuve, sans marge. Encadrée.

MORLAND (d'après G.)

240. — OUTSIDE OF A COUNTRY ALEHOUSE. Gravé par W.
Ward. In-fol. à la manière noire.

Très belle et rare épreuve *imprimée en couleurs*. Marges.
Encadrée.

MORLAND (d'après G.)

241. — INSIDE OF A COUNTRY ALEHOUSE. Gravé par W.
Ward. In-fol. à la manière noire.

Très belle épreuve ayant la marge du bas seulement. Encadrée.

MORLAND (d'après G.)

242. — ALEHOUSE KITCHEN. Gravé par R. S. Syer. London published 1801 by J. R. Smith. In-fol. à la manière noire.

Très belle épreuve *imprimée en couleurs*. Marges. Le titre, qui avait été enlevé, est ici remis à sa place. Encadrée.

MOUCHET (d'après)

243. — QUI EST LA ?
COUCHEZ-LA.

Deux pièces ovales, légèrement grivoises, faisant pendants. Gravées par Darcis. In-fol, au pointillé.

Très belles épreuves. La première est avant les armes et la dédicace. Très grandes marges.

NERBÉ

244. — LA PANTOUFLE. In-fol. au burin.

Très belle et rare épreuve *avant la lettre*. Belles marges.

NORTHCOTE (d'après J.)

245. — THE DUMB ALPHABET. Jeune fille faisant le geste de l'alphabet des Sourds-Muets. Gravée par W. T. Annis. In-fol. à la manière noire.

Très belle épreuve *imprimée en couleurs*. Sans marges. Le titre, qui avait été autrefois collé au dos, a été rapporté à son emplacement. Encadrée.

PAGES (d'après A.)

246. — LE ROMAN.
    L'ATTENTE.
        Deux pièces faisant pendants. Gravées par A. M. Huffam. Petit in-fol. à la manière noire.

Très belles épreuves. Marges. Estampes très gracieuses de l'époque de Th. Lawrence et de S. Cousins. Encadrées.

PATAS

247. — LE JOUR. D'après Eisen. In-fol. au burin.

Très belle et rare épreuve *avant la lettre* Elle est à toute marge non ébarbée. Rare de cette qualité.

PATAS

248. — LA NUIT. Estampe faisant pendant à la précédente. D'après Eisen. In-fol. au burin.

Très belle épreuve avec une bonne marge.

PATER (d'après J. B. J.)

249. — LE BAISER DONNÉ.
    LE BAISER RENDU.
        Deux pièces faisant pendants, pour les Contes de Lafontaine. Gravées par Fillœul. In-fol. au burin.

Très belles épreuves d'une bonne égalité de tirage. Petites marges.

PERNET (d'après)

250. — 1re VUE DES ENVIRONS DE ROME. Gravée par Guyot, membre de la Commune des Arts. In-fol. ovale, au lavis de couleurs.

Très belle épreuve *imprimée en couleurs*. Marges. Belle pièce décorative. Rare.
Voir la reproduction.

PERNET (d'après)

251. — RUINES ROMAINES. Gravé par Janinet. In-fol. ovale au lavis de couleurs.

Très belle épreuve *imprimée en couleurs*. Marges.

PETERS (d'après W.)

252. — MERRY WIVES OF WINDSOR. Gravée par R. Thew. Grand in-fol. au pointillé.

Très belle épreuve *en couleurs*. Marges. Jolie pièce décorative. Cadre en bois sculpté et doré.

PHILLIPS (G. H.)

253. — THE LILY. D'après E. T. Parris. In-fol. à la manière noire.

Jolie pièce publiée en même temps que les portraits de Lawrence. Très belle épreuve avec marges. Encadrée.

PHILLIPS (d'après Th.)

254. — MISS MELVILLE. Jeune chanteuse. Gravée par C. Turner. In-fol. à la manière noire.

Très belle épreuve légèrement bistrée. 1er Etat, avec la lettre ouverte. Petites marges.

POLLARD (R.)

255. — BOYS PLAYING AT MARBLES.
BOYS PLAYING AT PEG TOP.

Deux pièces faisant pendants. D'après Paye. In-fol. à la manière noire.

Très belles épreuves avec marges. La première est avec la lettre ouverte. Encadrées.

REGNAULT (N. F.)

256. — MATIN.
SOIR.

Deux belles estampes décoratives faisant pendants. Dessinées et gravées par Regnault. In-fol. au pointillé.

Superbes épreuves *avant l'adresse*. Elles sont très fraîches et ont de bonnes marges.

REGNAULT (N. F.)

257. — AH ! S'IL S'ÉVEILLAIT ! Peint et gravé par Regnault. In-fol. au pointillé.

Très belle épreuve. Petites marges.

REYNOLDS (d'après Sir J.)

258. — Mrs *Mathew*. En pied se promenant dans la campagne avec son chien. Gravée par W. Dickinson,
1780. Gr. in-fol. à la manière noire.

Superbe épreuve avec l'adresse du graveur. Très beau portrait. Petites marges. Encadrée.
Voir la reproduction.

REYNOLDS (d'après Sir J.)

259. — LADY *Seaforth* AND DAUGHTER.

Jeune femme assise dans la campagne. Elle est
coiffée d'un grand chapeau à plumes. Sa fille, sur
ses genoux, lui caresse le visage.
Gravée par J. Grozer. In-fol. à la manière
noire.

Très belle épreuve de cette importante estampe. Petites
marges. Rare.

REYNOLDS (d'après Sir J.)

260. — LADY CAROLINE *Howard*. Portrait d'une petite
fille assise dans la campagne et cueillant des fleurs.
Gravée par V. Green et publiée en 1778. In-fol. à
la manière noire.

Superbe épreuve ayant une très grande marge. Rare en cet
état.

REYNOLDS (d'après Sir J.)

261. — MISS PENELOPE *Boothby*. Gravée par T. Park. Petit in-fol. à la manière noire.

Très belle épreuve de ce charmant portrait d'enfant. Sans marges. Encadrée.

REYNOLDS (d'après Sir J.)

262. — INFANCY. Portrait de *Master Philipp Hare*. Gravé par R. Thew. Petit in-4 au pointillé.

Très belle épreuve *imprimée en couleurs* de ce charmant portrait d'enfant. Marges. Encadrée.

ROSALBA (d'après)

263. — LA SIG^ra *Rosalba*. Gravée par Bartolozzi. In-12 au pointillé.

Très belle épreuve imprimée en bistre, de ce charmant portrait de femme. Petites marges. Encadrée.

ROSALBA (d'après)

264. — MUSIK. Jeune femme, les seins découverts, fleurs dans les cheveux, jouant du tambourin. Gravée par Sintzenich en 1783. In-4 au pointillé.

Très belle épreuve imprimée en sanguine. Marges. Encadrée.

ROWLANDSON (Th.)

265. — FRENCH BARRACKS. Drawn and etched by Rowlandson, aquatinta by Malton. In-fol. à l'aquatinte.

Très belle épreuve *en couleurs*. Sans marges. Curieuse pièce humoristique. Encadrée.

ROWLANDSON (Th.)

266. — THE ASSAUT, OR FENCING MATCH, which took place at Carlton House, on the 9ª of April 1787, between Mademoiselle la Chevalière d'*Eon de Beaumont* and Monsieur de *Saint George*. Etched by Rowlandson. In-fol. au trait.

Très belle épreuve *en couleurs*. Marges. Encadrée.

ROWLANDSON (d'après)

267. — POLYGAMY. Gravé par E. Williams. In-fol. au pointillé.

Très belle épreuve imprimée en bistre d'une pièce très amusante. Petites marges.

SAINT-AUBIN (Aug.)

268. — ADRIENNE SOPHIE MARQUISE DE ... (*Mᵉ de Breteuil*). (E. B. 173). Petit in-fol. au burin.

Très belle épreuve. Petites marges.

SAYER (Robert)

269. — MISS NANCY *Dawson*. En pied, dans l'attitude de la danse. London printed for Robert Sayer. In-fol. à la manière noire.

Très belle épreuve. Marges. Encadrée.

SCHALL (d'après F.)

270. — LE PREMIER BAISER DE L'AMOUR. Gravé par Aug. Le Grand. In-fol. au pointillé.

Très belle et rare épreuve *imprimée en couleurs*. Marges.

SCHALL (d'après F.)

271. — L'ELISÉE. Estampe faisant pendant à la précédente. Gravée par Aug. Le Grand. In-fol. au pointillé.

Très belle épreuve *imprimée en couleurs*. Marges.

SCHENAU (d'après)

272. — JEUNE FILLE ENDORMIE, assise dans une bergère, la gorge découverte. Sans nom de graveur. In-fol. au burin.

Très belle épreuve non entièrement terminée, *avant toute lettre*. Marges du cuivre. Rare.

SINGLETON (d'après H.)

273. — NURTURE.

EDUCATION.

Deux belles pièces décoratives faisant pendants. Gravées par J. Godby et W. Bond. In-fol. au pointillé.

Très belles épreuves *imprimées en couleurs*. Grandes marges consolidées.

SMITH (J. R.)

274. — A BACCHANTE. Portrait de *Lady Hamilton*. D'après Sir J. Reynolds. Petit in-fol. à la manière noire.

Superbe épreuve *imprimée en couleurs*. Elle est sans marges, mais avec son cadre imprimé. Un des plus beaux portraits gravés au XVIII⁰ siècle en Angleterre. Encadrée.
Voir la reproduction.

SMITH (J. R.)

275. — DELIA IN TOWN. D'après G. Morland. London Published February 2ᵗʰ 1788 By J. R. Smith. Petit in-fol. ovale. au pointillé.

Superbe épreuve imprimée en bistre. Elle est d'une très grande fraicheur et a toute sa marge. Rare en aussi belle qualité.
Voir la reproduction.

SMITH (J. R.)

276. — THE MIRROR. SERENA AND FLIRTILLA. Dessiné et gravé par J. R. Smith, et publié par lui en 1782. Ovale petit in-fol. au pointillé.

Très belle épreuve *imprimée en couleurs*, avec quelques rehauts. Grandes marges. Jolie pièce décorative. Encadrée.

SMITH (J. R.)

277. — LES DEUX AMI. OR. THE TWO FRIENDS. Dessinée
et gravée par J. R. Smith et publiée en 1778. In-4°
à la manière noire.

Superbe épreuve très légèrement bistrée d'une charmante
pièce décorative. Un centimètre de marges.
Voir la reproduction.

SMITH (J. R.)

278. — A VISIT TO THE GRANDFATHER.
A VISIT TO THE GRANDMOTHER.

Deux estampes faisant pendants, gravées, la
première par Ward d'après Smith, la seconde par
Smith d'après Northcote. In-fol. à la manière noire.

Très belles épreuves *imprimées en couleurs*. Ces pièces, ayant
été autrefois montées sur châssis, ont été très habilement
remmargées. Encadrées.

SMITH (J. R.)

279. — A LADY AND HER CHILDREN RELIEVING A POOR COT-
TAGER. D'après W. Bigg. In-fol. à la manière noire.

Très belle et rare épreuve *imprimée en couleurs*. Sans marge
mais très fraiche. Petit trou de ver visible, vers la gauche.
Encadrée.
Voir la reproduction.

SMITH (J. R.)

280. — THE ELOPEMENT OF ANNA.
THE GRAVE.

Deux pièces faisant pendants. D'après G. Morland. Petit in-fol. ovales au pointillé.

Très belles épreuves légèrement bistrées. Filets de marges. Encadrées à l'ovale.

SMITH (J. R.)

281. — MARIA. D'après Wright. 1802. In-fol. à la manière noire.

Belle épreuve *imprimée en couleurs*. Grandes marges. Encadrée.

SMITH (d'après J. R.)

282. — ROSALIE. Jeune fille assise sous un arbre, dans la campagne : près d'elle un mouton. Gravée par Emma Smith. Petit in-fol. à la manière noire.

Superbe et très rare épreuve *imprimée en couleurs*. Bonnes marges. Très beau portrait.
Voir la reproduction.

SMITH (d'après J. R.)

283. — INATTENTION. Gravée par R. M. Meadows. In-fol. au pointillé.

Superbe épreuve *imprimée en couleurs*. Charmante pièce. Petites marges. Encadrée.

SMITH (d'après J. R.)

284. — CREDULOUS LADY AND ASTROLOGER. Gravée par Maucler. In-fol. ovale, au pointillé.

Très belle épreuve *imprimée en couleurs*. Deux doigts de marges. Encadrée à l'ovale.

SPORT (Estampes sur le)

ALKEN (Henry)

285. — FOX HUNTING : *Meeting at Cover. — Breaking Cover. — Full Cry. — The Death.*
Suite complète de quatre pièces en forme de frises. Gravées par H. Alken et Sutherland. London publ. by Mc Lean. 1824. In-fol. à l'aquatinte.

Très belles et anciennes épreuves en couleurs, avec de grandes marges.

ALKEN (Henry)

286. — THE RIGHT SORT DOING THE THING. Suite complète de six pièces sur le Steeple. Printed by Hullmandel and publ. 1822 by Fuller. Petit in-fol. en lithographie.

Très belles épreuves coloriées, de tirage original, sur papier au filigrane de 1810. Toutes marges.
Nous joignons une épreuve en noir de la pl. nº 1.

ALKEN (?)

287. — Gone Away. A Scene from a Fox Hunting. London publ. 1825 by W. Cole. In-fol. oblong à l'aquatinte.

Très belle et ancienne épreuve en couleurs, sur papier teinté, au filigrane de 1824. Marges.

BENTLY

288. — The Birmingham Tally-Ho ! Coaches. D'après J. Pollard. In-fol. à l'aquatinte.

Belle épreuve en couleurs. Marges. Doublée. Tirage plus tardif. Encadrée.

DEAN (J.)

289. — Leicestershire. *A Fox Hunting.* Suite complète de quatre pièces oblongues. Par John Dean Paul. London, publ. 1825 by Mᶜ Lean. In-fol. à l'aquatinte.

Très belles et anciennes épreuves en couleurs. Marges. La pl. 4 est restaurée.
Suite rare complète.

DEAN (J.)

290. — Leicestershire. Planches 1 et 3 de la suite. In-fol. à l'aquatinte.

Belles épreuves anciennes, en couleurs. Sans marges. Encadrées.

HERRING

291. — A HORSE RACE. *Horses preparing to Start.*
In-fol. à l'aquatinte.

Très belle et ancienne épreuve en couleurs. Sans marges.
Collée. Encadrée.

HERRING

292. — CHARLES XIIth AND EUCLID. *The Decisive Heat
for the Great St Leger Stakes at Donkaster,
1839.* Gravé par Hunt, d'après Herring. In-fol.
à l'aquatinte.

Très belle épreuve originale, en couleurs. Marges.

HUNT (G.)

293. — STAGE-COACH. Gravé par Hunt d'après Jones.
London, publ. 1827 by Moore. In-fol. à l'aquatinte.

Très belle et ancienne épreuve en couleurs. Grandes marges.

J. L. A.

294. — MAIL-COACH. London, publ. 1820 by J. Watson.
In-fol. à l'aquatinte.

Très belle et ancienne épreuve en couleurs. Grandes marges.

J. L. A.

295. — MAIL-COACH. Même estampe que la précédente.
In-fol. à l'aquatinte.

Très belle et ancienne épreuve en couleurs. Sans marges.
Collée. Encadrée.

J. L. A.

296. — MAIL-COACH. Même estampe que la précédente.
In-fol. à l'aquatinte.

Très belle et rare épreuve du 1er État, *avant la lettre*, en
bistre. Dans cet état la date de publication est 1819. Marges.

J. L. A.

297. — STAGE WAGGON. Grosse voiture de rouliers.
Estampe faisant pendant à la précédente. Gravée
par J. Baily. London publ. 1820 by J. Watson.
In-fol. à l'aquatinte.

Très belle épreuve originale, légèrement bistrée. Marge.

M. E.

298. — BAROUCHE. Des Dames de la Noblesse anglaise se
promènent dans leur calèche aux environs de
Londres. Drawn by M. E. Esq. Published by Mc
Lean 1825. In-fol. à l'aquatinte.

Très belle et rare épreuve du premier état, en noir. Toutes
marges.
Voir la reproduction.

POLLARD (J.)

299. — HIGHGATE TUNNEL. Scène de Mail-Coach. Gravée
par G. Hunt d'après Pollard. Grand in-fol. à
l'aquatinte.

Très belle et ancienne épreuve en couleurs. Grandes marges.
Rare.

POLLARD (J.)

300. — THE CAMBRIDGE TELEGRAPH, *starting from the
White Horse, Fetter Lane.* Mail-Coach gravé
par G. Hunt d'après Pollard. Grand in-fol. à
l'aquatinte.

Très belle et ancienne épreuve en couleurs. Grandes marges.

POLLARD (J.)

301. — THE MANCHESTER AND LONDON ROYAL MAIL. *Chan-
ging horses at the Old White Lion.* In-fol. à
l'aquatinte.

Très belle et ancienne épreuve en couleurs. Sans marges.
Collée. Encadrée.

POLLARD (J.)

302. — THE EDIMBURGH EXPRESS.
GOING UP HILL.

Deux pièces de voitures faisant pendants. In-fol.
à l'aquatinte.

Très belles épreuves originales, en couleurs. Sans marges.
Encadrées.

REEVE

303. — LONDON ROYAL MAIL.
A FOUR IN HAND.
A STAGE COACH.
A STAGE COACH.

Suite de quatre petites voitures ($135^{mm} \times 95^{mm}$) imprimées sur une même feuille. D'après Alken. London publ. 1827 by Fuller. In-fol. à l'aquatinte.

Très belle épreuve en couleurs. Papier au filigrane de 1823. Grandes marges.

ROWLANDSON (Th.)

304. — THE RETURN. Les Chasseurs reviennent au château après la chasse. Gravé par Rowlandson 1788. In-fol. à l'aquatinte.

Très belle épreuve en couleurs. Doublée. Petites marges. Rare.

ROWLANDSON (Th.)

305. — EPSOM RACES.
ASCOTT HEATH.

Deux pièces de courses faisant pendants. Publ. 1785-86 by Brookes. In-fol. à l'aquatinte.

Très belles épreuves en couleurs. Marges.

ROWLANDSON (Th.)

306. — A Horse Race. *Horses Running*. London publ.
by J. Harris. In-fol. au trait.

Très belle épreuve coloriée à l'époque. Petites marges.
Montée en dessin.

***

STOTHARD (d'après)

307. — The Landlord's Family. Gravée par C. Knight.
In-fol. au pointillé.

Très belle épreuve *imprimée en couleurs* d'une pièce très décorative. Petites marges. Encadrée.

STOTHARD (d'après)

308. — Going to School. Gravé par C. Knight. In-8 ovale
au pointillé.

Belle épreuve *imprimée en couleurs*. Marges du cuivre.

STRUTT (Joseph)

309. — Jeune enfant assise dans un paysage et jouant
avec un chien. D'après J. Russell. In-4 au pointillé.

Très belle épreuve *imprimée en couleurs*. Ce joli portrait
d'enfant est celui de Miss *Emily Anne Strutt*, fille du graveur.
Petite marge. Encadrée.

TAUNAY (d'après)

310. — LA NOCE DE VILLAGE. Gravée par Descourtis. In-fol. en hauteur.

Belle épreuve *imprimée en couleurs*. Quelques retouches dans le ciel. Sans marges. Encadrée.

THEW (R.)

311. — REFLECTIONS ON WERTER. Portrait de Miss Sophia Alexandra Turner. D'après R. Crosse. In-8 au pointillé très serré.

Très belle épreuve légèrement bistrée d'un charmant portrait très fin. Marges. Encadrée.

TOUZÉ (d'après)

312. — LES AMUSEMENTS DANGEREUX. Gravé par Voyez. In-fol. au burin.

Très belle épreuve ayant conservé toute sa marge. Pièce belle et rare.

TRINQUESSE (d'après L. R.)

313. — LA SORTIE DU BAIN. Gravée par L. S. Lempereur. In-fol. au burin.

Belle épreuve. Marges.

TROUVAIN (A.)

314. — LES APPARTEMENTS DU ROI LOUIS XIV. Suite complète de six très belles pièces, des plus intéressantes comme costumes et comme portraits. *Gravées par D. Trouvain, rue St-Jacques, au Grand Monarque, 1694-95.* In-fol. en largeur au burin.

PREMIER APPARTEMENT : *MM. le duc d'Anjou, le duc de Berry, le prince de Galles, le comte de Brionne jouant aux Billes.*

SECONDE CHAMBRE DES APPARTEMENTS : *Monseigneur, Mme la princesse de Conty, le duc de Bourbon, Mme la duchesse de Bourbon, M. de Vendôme Gd Prieur jouant aux Cartes.*

TROISIÈME APPARTEMENT : *Le Roy, Monsieur, le duc de Chartres, le comte de Thoulouze, le duc de Vendôme, M. d'Armagnac, M. de Chamillart jouant au Billard.*

QUATRIÈME CHAMBRE DES APPARTEMENTS : *Le duc de Bourgogne, Madame la duchesse de Chartres, le duc de Chartres, Mademoiselle, la duchesse du Maine, la princesse de Conty au Théâtre.*

CINQUIÈME CHAMBRE DES APPARTEMENTS : *Les Princes et les Princesses au Concert.*

SIXIÈME CHAMBRE DES APPARTEMENTS : *Le Buffet.*

Superbes épreuves, très égales de tirage. Elles ont toutes, sauf la 3e, un bon centimètre de marges. Très rares à rencontrer réunies et en aussi belle condition.

Voir la reproduction.

TRUMBULL (d'après J.)

315. — THE BATTLE OF BUNKER'S HILL *near Boston. 17 juin 1775*. Gravée par Muller. Grand in-fol. au burin.

Très belle épreuve. Petites marges. Encadrée.

TURNER (C.)

316. — THE INTERIOR OF THE FIVES COURT. *With Randall and Turner Sparring*. Grand assaut de Boxe. D'après T. Blake. In-fol. au lavis.

Très belle épreuve *en couleurs*. Marges. Encadrée.

VANDRAMINI (J.)

317. — MISS *Decamp* IN THE CHARACTER OF URANIA. D'après P. Jean. In-4 au pointillé avec entourage gravé.

Très belle épreuve *imprimee en couleurs*. Grandes marges. Encadrée.

WARD (James)

318. — THE YOUNG SAILORS. In-fol. à la manière noire.

Très belle épreuve sans marges. Encadrée.

WARD (James)

319. —— CHILDREN BIRD NESTING. In-fol. à la manière noire.

Très belle épreuve, sans marge. Encadrée.

WARD (d'après J.)

320. — DISOBEDIENCE DETECTED. Gravé par W. Barnard
1799. In-fol. à la manière noire.

Très belle épreuve *imprimée en couleurs*. Petites marges.
Encadrée.

WARD (W.)

321. — LOUISA.
THOUGHTS ON MATRIMONY.
Deux pièces ovales faisant pendants, la première
dessinée et gravée par W. Ward, la seconde d'a-
près J. R. Smith. In-4 au pointillé.

Très belles épreuves imprimées en deux tons, c'est-à-dire en
bistre et les *figures en couleurs*. Elles sont sans marges, mais
laissent voir le filet de bordure. Encadrées à l'ovale.
Voir la reproduction.

WARD (W.)

322. — MONSIEUR *de St George*. Célèbre maître d'armes
D'après M. Brown. In-fol. à la manière noire.

Superbe épreuve *imprimée en couleurs*. Marge dans le bas seulement. Très rare. Encadrée.

WATSON (Th.)

323. — Miss *Crewe*. D'après D. Gardner. In-4 ovale au pointillé.

Très belle épreuve. Deux centimètres de marge. Encadrée à l'ovale.

WATTEAU (d'après A.)

324. — *Mezetin*. Gravé par B. Audran. (E. de G. 86). Petit in-fol. au burin.

Très belle épreuve. Marges. Encadrée.

WATTEAU (d'après A.)

325. — L'Enseigne de Gersaint. Gravée par P. Aveline. (E. de G. 95).

Très belle épreuve. C'est la pièce capitale et l'une des plus belles du maitre. Elle a une petite marge et est en bonne condition. Très rare. Encadrée.

WATTEAU (d'après A.)

326. — Le Bal Champêtre. Gravé par Tardieu ? (E. de G. 111). Grand in-fol. au burin.

Très belle épreuve. Sans marges. Cadre ancien en bois sculpté et doré.

WATTEAU (d'après A.)

327. — LE BOSQUET DE BACCHUS. Gravé par C. N. Cochin.
(E. de G. 113). In-fol. au burin.

Très belle épreuve. Petites marges. Encadrée.

WATTEAU (d'après A.)

328. — LA CASCADE. Gravée par G. Scotin. (E. de G. 115).
In-fol. au burin.

Très belle épreuve, presque sans marges. Encadrée.

WATTEAU (d'après A.)

329. — L'ISLE DE CITHÈRE. Gravée par Mercier. (E. de G.
140). Gr. in-fol. au burin.

Très belle épreuve. Marges. Encadrée.

WESTALL (d'après R.)

330. — ROSALIND. Jeune femme blonde, en costume de
chasse, dans la campagne. Sans nom de graveur.
In-4° au pointillé.

Très belle épreuve *imprimée en couleurs*. Charmante pièce.
Sans marges. Cadre ancien doré.
Voir la reproduction.

WHEATLEY (d'après F.)

331. — DECEPTION. Gravée par P. Simon. In-fol. ovale, au
pointillé.

Très belle épreuve. Petites marges. Encadrée.

WHITE (Ch.)

332. — GIRLS WITH DOVES.
GIRLS WITH FLOWERS.
Deux pièces en médaillons faisant pendants.
D'après Miss Bennet et Lady Lincoln. In-4° au
pointillé.

Très belles épreuves avec marges. Charmants sujets.

WILLE (P. A.)

333. — PETIT WAUX-HALL. Dessiné et gravé par Wille en
1780. In-fol. au burin.

Très belle épreuve rehaussée de couleurs. Petites marges.
Encadrée.

YOUNG (J.)

334. — THE COUNTRY GIRL PURSUED.
THE COUNTRY GIRL CARRYING A PRESENT.
Deux grandes estampes faisant pendants. D'après
R. M. Paye. In-fol. à la manière noire.

Très belles épreuves. Marges. Encadrées.

Grande Imprimerie du Centre, HERBIN. — Montluçon

RED. :

20

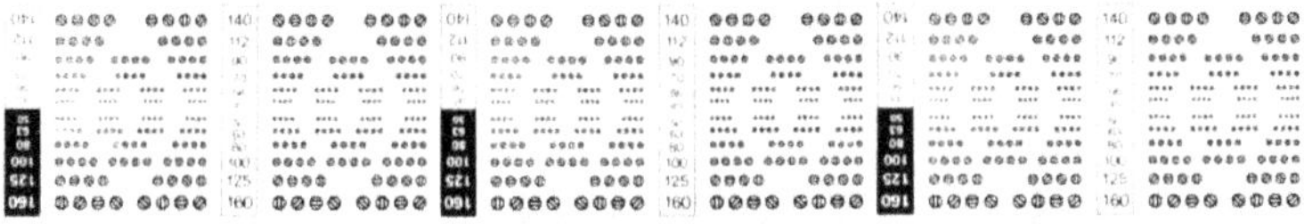

MIRE ISO N° 1
NF Z 43-007

AFNOR
Cedex 7 - 92060 PARIS-LA-DÉFENSE

graphicom

0 1 2 3 4 5 6 7 8 9 10